외박

외박

김수복 시집

창비

차 례

제3부 ___

제1부

봄나무 속으로 걸어들어간다

아무에게나 자꾸 말을 걸고 싶어지는,

불을 끄고 방 안에 우두커니 앉아 있는,

혼자가 아닌 우리로 피어나고 싶은 눈망울이 보이는,

어디선가 새들의 한숨 섞인 휘파람 길게 들리는,

지층을 뚫고 발바닥이 뜨거워지기를 기다리는,

청천벽력이 지나가는,

막막한 어둠의 눈에 눈동자가 되는,

너의 등을 끌어안고 활짝 웃는,

두 눈을 감고 한없이 호수의 밑바닥으로 내려가서

눈을 뜨고 죽고 싶었던

겨울에서,

이제는 한없이 바람에게 말을 걸고 싶은

봄나무 속으로 걸어들어간다

저녁의 나무

꼿꼿이 서서 타오르자
몸을 수그리지 말고
목을 똑바로 쳐들고
비굴하게 죽지 말자
활활 타올라
하늘까지 타올라
지상의 불씨가 되자

흙의 가슴속 어머니를 생각하자
뼈가 타서 물이 될 때까지
다시 서산에 타오르는
불을 끄자
얼굴도 없애버리고
생각도 죽여버리자
미움도 없는
귀도 없는
눈도 스스로 멀게 하고
꼿꼿이 서서 몸을 사르는

숯이 되자
재도 남기지 말자

꽃이 피는 너에게

사랑의 시체가 말했다

가장 잘 자란 나무 밑에는
가장 잘 썩은 시체가 누워 있다고

가장 큰 사랑의 눈에는
가장 깊은 슬픔의 눈동자가 있다고

봄나무에게서 꽃이 피는 너에게

동백꽃 지는 사이

사람과 사람 사이에서 시가 태어나듯이

바람과 바람 사이에서 꽃들이 기뻐하듯이

가슴과 가슴 사이에서 달이 떠오르듯이

절규와 절규 사이에서

종소리가 울리듯이

하늘과 땅 사이

천둥이 지나가듯이

숲

그해 장맛비 그칠 날 없던,
장롱 속 서책을 정리하며
침묵 속에 있는 칼을 보았다

불꽃을 피워 재가 되는
눈물을 보았다

울지 마라 숲이여,
가슴을 긋고 지나간 길들이 다시 돌아오리라

멀리 가서 박혀 있던 말들도
이제는 별이 되어 돌아오리라

새벽 돌담 뒤로 사라진 그림자를
아무도 본 적이 없다고
보고도 모른 척했다고

어머니의 가슴으로 타들어가는 숲을 보았다

썰물이 지나가는 진통

정박해 있는 배들은 묵묵 폐경

아이를 낳지 못하는 무덤이다

양수가 터져 썰물 지나간

달빛 사이로

온통 하늘은 핏빛이다

선혈이 낭자한 자궁들이

노을의 배 위에 누워

새로 태어난 달을 바라본다

모두 젖이 말랐다

제 배 속을 빠져나온 달에게도 물릴 젖이 없다

진통이 다시 가시었다

갯벌이 탯줄을 내어

달에게 젖을 물리고 있다

청모시조개 피는 눈빛

점점,

할머니는 몸이 어두워져갔을 것이다

가슴에서 썰물이 빠져나가는

바다를 한없이 바라보았을 것이다

구름의 함지박을 이고 무릎 아래로

썰물 빠져나가는 소리를 들었을 것이다

탯줄이 끊긴 지 오래인

개천가에 갈매기들이 옹기종기 앉아 있었을 것이다

철쭉꽃 지듯

땅에 내려앉았을 것이다

철쭉꽃으로 피는 청모시조개

바다를 한없이 바라보았을 것이다

그렇게 바다는 한없이 꺼져갔을 것이다

치마 살 펴지는 햇살 베고 누워

그렇게 주름진 맑은 서러운 눈빛을

저렇게 노을 속에 뿌려놓고 갔을 것이다

파도의 고백

세파를 넘어서
몸속 해일이 일고
이념을 넘어서
초월을 넘어서
잔잔한 섬에 닿았다

나를 추억이라고
나를 그리움이라고
나를 자유라고
나를 섬의 노예라고
나를 바다의 죽음이라고
나를 부활의 종이라고 말하지 마라

서풍이 부는 날
다시 떠오르는
시체를 알고 있다

그러나 어디에도

수평선의 눈빛이 보이지 않는다

내 말을 믿지 못하였느냐
다시 돌아온다는 내 말이 그리도 아득하였느냐

나는 그대 안의 무덤이 되었다가
해변의 묘지를 빠져나와
저녁 바다를 바라본다

물소리의 무릎을 베고

모두에게 속죄하자고 고백하던
밤이었다
그 꿈속에
바람결에게도
새벽의 신음 소리에게도
새로 태어난 무덤에게도
큰 강물에게도
어제 떠난 영혼에게도
온몸이 닳아 없어진 나무에게도
시장 모퉁이 먼지가 되어 뒹구는 목숨에게도
저 바다로 가는 꿈길에게도
무릎을 꿇고 있는
저녁 강의 옆구리를 보았다
강의 옆구리를 빠져나온
물소리의 무릎을 베고서

서풍이 되어

내 모든 걸 너에게 바친다
내 말의 뿌리도
내 말의 흙도
내 말의 메마른 가슴도
내 말의 풍요한 사랑도
그 목을 바친다
꽃을 피우지 않고 바람이 되어 바친다
재를 피워 다시 꽃을 바친다

부활

말이 꽃이 되어 다시 피어난다

사월이 되었다고 또다시

사무친다고 말하지 말자

그 그리움이

죽음으로 불사른

너의 몸이다

나비가 날아올라 황금빛 죽음을 펼쳐 보이는

무덤 앞에서 절규하던 침묵의,

무덤 앞에서 무덤이 되었던

저 꽃봉오리들

저 함성들

저 봄나무들

저 죽음의 혁명들

그림자

딱 한번,

사랑한다고

말해보았다

또 딱 한번,

내 영혼의 손으로

태양의 가슴을

어루만져보았다

새

자유에선 피의 냄새가 난다고 했었던가
그 자유에는 피의 혁명도
새벽하늘도
없다
해가 다시 떠오르는 먼동에는
참회의 눈이 있다고
새벽하늘을 수정(修正)하며 새들이 날아오른다

빨래의 기억

모든 몸에는 새소리가 난다

가을 저녁에 내려앉았다가 간

저 천둥새 소리를,

죽은 바람의 냄새를,

마른하늘을 치는 번개의

짧고 질긴 목숨 위에서

웃으며 펄럭이는 침묵의 장대 위에서

사람들의 몸을 기억한다

그의 분노와

그의 절망과

그의 노동과

그의 희망과

그의 해를

바람이 불 적마다 흩날리며

사람들의 몸에서 나는 소리를 듣고 있다

바람의 귀

바다가 울고 있는지
살결이 훨씬 부드러워졌는지
먼바다 저녁 파도 소리가
몸으로 들어오는 강물이 비단결인지
격랑인지
살아서 돌아왔는지
죽어서 돌아왔는지
바다의 귓가로 다가오는
바람 소리

용문산 은행나무

모든 나무들이 서로 마주 서서
흐르는 강물로 마음을 주고받듯이

천년 동안 흘러온 강물이 서로 마주 보며
웃는 얼굴로 저녁을 맞듯이

모든 나무들의 일생에도
바람의 얼굴이 있음을 본다

살아간다는 것 또한
저 마음의 나이테와 같이

살아왔다는 것 또한
서로에게 물결이 되어주었다는 것

그 나무의 마음의 책에
서로의 강물을 적어 넣어두었다는 것

제2부

외박(外泊)

좀더 쉬었다 갈게요, 하느님!

늦게 핀 들꽃도 꽃이잖아요

골목 안, 평생 사람과 사람 사이에 핀

이 개망초꽃 두고 갈까요?

저 분도 바르지 않은 눈물 보이지 않으세요?

전 이 골목 안, 저 오래된 국숫집 담 밑에 핀

어머니 살아 돌아오신 꽃

사람과 사람 사이에

하느님 좋아하시는 사람꽃도 피었네요

아직도 갈 곳 없어 다가오는 구름도,

아, 그 아득한 첫사랑 파도도 아직 피어 있잖아요

저 해가 바다 너머 고요히

잠들기 전엔 가지 않을래요

아무리 부르셔도 이 골목 안

저 사람꽃 질 때까지

복종하지 않을래요

하루만,

딱 하루만 더 사람꽃으로 피어 있을래요!

노을이 물드는 화석

저렇게 핏줄은 말라갔을 것이다
흘릴 눈물도 없는 눈물을
만리 밖 바람의 간절한 소리를
제 귀에도 들리지 않는 목소리로
그 긴 강물의 탯줄을
속에서 밀어올렸을 것이다

툭툭, 땅속 폐경이 된 자궁을 들어올려
아득히 능선 위로 자지러지는
태양을 몸 안으로 조이고 조여서
씨를 받아내었을 것이다

노을에 퍼져
재가 될지라도
천년 광원(光源)을
지는 태양 속으로 고이 간직해 내보이면서
한 잎 두 잎, 입을 벌리며 태어나듯이
죽은 몸으로 다시 살아날 것이다

절벽

이렇게 죽어가야 하나
가슴 치며 미끄러져 내려가는 물줄기를 바라본다
한때는 마음 평원을 달려오면서
바람의 숨결에도 거룩해했었던
네가, 네가,
가슴 북 두드리며
떨어지는 숱한 꽃잎 흘려보내기를
몇년이었던가
이렇게 뜨겁게 솟구치는 원한을
얼마나 느린 물길로 다스려
벽의 가슴을 쓰다듬으며
핏줄 핥으며, 그렇게, 그렇게
절망의 동굴을 빠져 내려가
더 큰 바람의 꽃잎으로 흩날려
허공으로 떨어졌을 것인가
얼마나 많은 별들이 사라져
가슴을 치며 죽어갔을
사람과 사람 사이의 절벽이 되었을 것인가

일출봉

1. 저녁 일곱시

해가 기울어가자
그의 눈에도 점점 어둠이 깃들었다

형, 누구든 물으면
나, 죽으러 제주도 왔다고 대답해

저물던 해가 순간 기우뚱거렸다

점점 깊이 해 지는 쪽이 서러웠다

인류 역사를 봐, 지배하는 놈들이
지배받는 사람들을 착취하는 연쇄적인 세계사를 몰라,
형?

나, 자알 죽으러 왔어 내 무덤을 만들러
여기 왔어!

해가 침묵 속으로 깊이 빠져들어갔다

세상의 모든 침묵은 무덤이다
어둠 속에서 지는 해의 말이 들려왔다

2. 그래,

난, 어머니, 어머니 때문에
어머니가 우주였기 때문에
희망의 봉우리인 모든 어머니들 때문에

그 어머니 생각 때문에
불길 속에 뛰어들지 못하고

주춤주춤 어스름 골목을 훑고 다녔던 게야
새벽이 더욱 멀었던 골목을 빠져나오면

새벽보다 먼저 거리의 감옥

그래, 거리가 감옥이었지

이념의 무덤처럼
침묵은 길고 길었지

3. 그렇게 침묵은 시가 되었다

오조리(吾照里) 내조헌(內照軒) 초막(草幕)에 돌아와
침묵의 시를 받아쓴다

여기, 죽으러 왔다고
통석(痛惜)하던 그의 무덤보다 먼저
해가 떠오른다

제일 먼저 펼치는 빛을 안에서

받아 맞이하는 검은 몸이
비로소 환해오는 새벽,

그 태양의 눈빛을 바라본다

골목

저녁때가 되자 골목은 더욱 깊어졌다

덜컥, 몸이 잠기고
마취된 골목

골목 안의 평화가 잠시 다녀갔다

아득한 길,

내장으로 은밀하게
기쁘게 혹은 슬프게 드나들었던
발자국 소리가 들린다

이제 그 골목길은
가택연금되었고,
그렇게 집으로 가는 모든 길이 잘려나갔다

노을이 물드는 골목을

필사적으로 빠져나온다

골목 입구에 나서서
허위와
암세포와
모든 절망의 과거를 폭로한다

지나온 모든 민족주의와 모든 자본주의와
사회주의와 맑스와 레닌과 모택동과
그러나 김구와 소월과 윤동주,

그러나 모든 상처는
몸과 거리로 통하는 출구,

골목 안에서 사유를 하고
혁명을 꿈꾸고 권력과 맞서
고독한 쓰레기통 속에서
침을 뱉어 진흙을 눈에 발랐다

눈이 멀어야 눈을 뜰 수 있었다

밖으로 나가는 길은 보이지 않는 법,
들어오는 길만의 고독한
저 먼,
억압의,
목을 치던 꿈속의 길들도

이제는 눈을 뜨고
아득한 골목이 되었다

꼬리

막다른 골목에서
배가 고프거나,
오래 길 끝에 박혀 나가지 못했을 때,
사랑도 식어서 해가 질 때,
그 꼬리를 잘라버리고 싶었던 때가 있었다
산문(山門)의 산그늘 외진 꼬리도,
오지 않는 새벽을 기다리는 가로등의 꼬리도,
아, 그림자가 길어지는
골목 안에서 꼬리를 자르고
쫓아오던 반민주(反民主)의
몸통도 잘라버리고 싶었다

봄눈

다형 김현승 선생께서 병상에서 내 시를 당선시키고
며칠 후 돌아가셨다는 소식을 들었다

죄가 되었다

이태원 지하 다방에서
가슴 졸이며
그 이른 봄,
한 나무는 하늘로 가시고
한 나무는 다시 태어났다고

속죄하는 봄날이었다
꽃이 피는 것도 두려웠다

그날 눈이 내렸다
땅 위에 몸을 내려놓지도 못하고
공중으로 내리었다

46

안간힘으로 내렸다!

죽을힘을 다해 내리는 눈을 맞으며
한없이 저녁 골목길을 걸었다

눈은 내리다가
숨을 거두었다

가슴에서
허공에서
숨을 거두면서

눈은 자꾸자꾸 내렸다

낮달

우면산 등을 타고 넘어와 양재천변
조팝나무를 보다가
황매화나무를 보다가
병꽃나무를 보다가
부용의 뒷모습을 보다가
빈 하늘에 맨얼굴로 떠 있는,

아, 낮달을 본다

젊은 날에는 낮달이 뜨면 낮술에 기대어
밤길처럼 골목을 누볐었다

이제는 달이 따라오고 있다
저, 돌담에, 돌담이 된 어머니의 어머니가 되어,
아직도 뒤를 따라오고 있다

달의 눈빛을 닮은 어느 시인이
가을 전어 굽는 냄새가 좋다고 마포로 달려오라 한다

수변 무대에서 노래를 부르는
무명 기타리스트의 물소리를 들으며 망설였다

태양은 묘지 위로 검게 떠오르고,
태양의 그림자에, 그림자에,
모든 눈물의 그림자에 숨어 떠오르던 반달 속

왜가리 한마리 자릴 뜨지 않고
물살 흐르는 제 몸속을 들여다보고 있다

그렇게 인생이란
그렇게 눈물 마르도록
제 슬픔을 들여다보는 것
제 감옥을 바라보는 것
제 혁명을 바라보는 것
제 저녁을 바라보는 것
제 타오르는 사랑을 바라보는 일일 터!

그 어떤 분노에도, 그 어떤 증오에도,
그 어떤 깊은 강물에도
제 마음의 갈 길을 놓아주는 것

낮달은 그렇게 나를 내려다보고 있었다

추어탕을 먹는 오후

함양 시외버스 정류장 옆 송월식당 주인 조준영 할머니
가 끓인 추어탕 맛에선 가을 초승달의 발소리가 들린다 달
이 지나가는 우물 속으로 풍덩 던지던 두레박 소리도, 가도
가도 끝없이 들리던 추억의 소리가 숨은 뒤안길도 있다 두
고 온 절망의 뒷모습도 있다 슬며시 너오는 간고등어구이
두 토막에는 묵은 뒷간의 바람도 드나들었던 모양이다 멸
치볶음에는 고추의 저린 슬픔이 있어 더욱 슬펐지만 그 빛
깔이 멍이 든 오래된 담장 같다 추석이 되었는데도 오지 않
는다는 아들을 기다리느라 버스가 도착할 때마다 밖을 내
다보며 기웃거리는 달을 바라보다가 바람이 차갑다고 낡은
문을 닫는 그 눅눅하고 찬 사투리의 맛이 더욱 그윽한 추어
탕을 먹는 초가을 오후 저녁, 저물 무렵의 시외터스 정류장
너머 갈까마귀 날아가는 저녁 하늘을 바라본다

하느님의 여인숙

하느님! 이미 참회하고 있습니다

걱정하지 마세요

벚꽃 사이로 운구 지나와

산역 지낸 후

사람들은 모두 집으로 돌아갔습니다

이제 떨어져 누워 덮는

새벽 이불도 좋고요

적막의 베개도 좋고요

온갖 새들과 벌레들의

울음방이 되었어요

동쪽 하늘로 돌아가는 달의 그림자가 자고 가는

여인숙이 되었네요

숨어서 늦게 들어오는 별들에게도

벗이 되어 인생의 하룻밤을 보내고

돌려서 돌려서 보내드릴게요

오늘도 죄 없는 한 사람 가까이 올라와

속죄의 방에서 하룻밤

자고 올라갔습니다

운구를 지나며

유곽 풍류객으로 한평생 살다가
돌아가는 새벽달,
이제 떠나면
조용해서 좋을 거야
꽃이 피었다가 다시 피며
강물이 하늘 올라 구름이 되고
슬픔이 다시 슬픔이 되고
별이 져서 다시 별이 되어
조용히 제 몸을 싣고 떠나는
한 사람의 운구(運柩)를 바라본다

가슴

무덤이 너무 많다

희망의 무덤
게의 무덤
잠자리의 무덤
고슴도치의 무덤
내가 지고 가야 할 무덤을 생각하고 있는데

"야, 어머니랑 병원 있다
유방암 끝나니 파킨슨병이란다
인생이 고달프다"라고

오랜 친구에게서 문자가 왔다

눈

마당에 연못을 파고 물을 대자
땅의 눈이 살아났다

애련리 원서문학관 한 시인이
허공의 눈에 낚싯대를 드리우고 있는 걸 본 적이 있다

눈이 얼굴의 반이 되어 내려다보는
달이 있었다

김수영의 눈을 가르치고 강의실을 빠져나오면서 자꾸
뒤에 있는 눈이 의식되어 넘어지곤 했다

새벽에도
그 새벽에도
하늘의 부릅뜬
눈이 내려다보고 있었다

허공

무산(霧山) 산중여문(山中餘問)

1

첫째날,

새를 날려봐야
허공에 걸려

나 너무 오래 살았어
죽어야 돼

이제 얼마 남지 않았어
죽고 사는 것도 맘대로 되지 않아

큰 것도 없고
작은 것도 없어

궤도에서
일탈단이

대자유야!

난
일곱살 때 어머니가
절로 보내

들어왔어!

죽고,
사는 일이란
물고기들은 모두 용문을 올라갔는데
밤새 물을 퍼내고 있는 꼴이지

이제 여든다섯이면 죽을 거야
석가가 여든에 열반했는데,
석가 복 너무 받은 거지

2

그 옛날,

창 너머 빈 하늘만을 어루만지셨다고 한다!

3

다음날,

인제 내린천변 노루목산장 입구 왼쪽 구석에 있는 나부
상을 보고
춥겠다! 하며 젖꼭지를 만지다가

허공에 대고, 물었다

너도 젖 있냐?

모항

잠이 들지 않는
갯벌을 들여다보는 밤

칠산 앞바다
젖을 빨아대는,

새벽에 깨어서 젖을 보채는
초승달에게도
슬며시 젖을 갖다 물려주는,

보름달 우리들 엄니

배꼽

해가 빨려들어가서 나오지 않는
텃밭에 뱀이 기어들어간 밭고랑

소나기 지나간 뒤
황톳길을 끌고 가는 노을의

꼬리가 숨어들어가서 나오지 않는
그곳

연꽃이 나를 쳐다보았을 때

귓불을 깨물어주고 싶던 때가 있었다
하늘에 대고 욕을 퍼부었던,
지나가는 바람에게도 시비를 걸었던,

발아래 연꽃이 나를 쳐다보고 있는 것을 눈치 챘을 때
그 연잎의 귓불을 깨물어주었다

활짝,
죽었다가도 살아나는 덕진공원
늦은 여름의 저녁 무렵이었다

한없이, 한없이 깨물어주어서
새벽 연밥이 익는 줄도 몰랐다

제3부

탑

곧 저녁이 다가올 것이다
등불을 밝히고
높고 비천한
어둠과
별에게,
목숨을 바쳐
몸속에 집을 짓는
하늘에서
곧 종이 울릴 것이다
새들이 죽어서 날아갈 것이다

사람이 된 종소리

섬과 섬 사이로 해가 빠져 들어갔다
천지(天地)가
풍덩,
깊이,

숨이 멎는다

하늘의 품속
천종사 종소리에 눈을 뜨는
꽃들이 모두 죽었다가
다시 핀다

천년 동안 죽었다가
다시 살아나는
눈짓과 눈짓 사이,

천지에,
글썽이는 종소리가 울린다

늙은 의자 하나

늙은 의자 하나 담벽에 기대어
새로 먼동 트듯 들리는
하늘의 목소리 듣고 있다

목련꽃 지는 골목 의자에
죽음이 앉았다 간다

몸에서 들려오는 먼 땅속의 태몽
갓 피어오르는 나무의 몸꽃으로

그 먼 사랑이
일출의 꽃으로 피어올랐던가

아, 죽어도 좋아 죽어도 좋아, 소리 지르며
새떼로 날아오른 적 있었던가

노을 의자에 앉아
구름의 장례식을 바라보고 있다

허공에 몸을 던지는 새들이
상여가 되어 지나가는,
구름의 운구를 바라보고 있다

나무들은 무덤의 젖을 빨고 있다

이제 저물었나보다
몸속의 나무들도 모두

낮은 언덕을 좋아하고,
숲으로 난 작은 길과
숯이 된 아득한 여자를 추억하고
꿈을 꾸거나
하루를 소일하며 걷거나,
모여 서서 종일 웃거나 우는 개울도 저물어갔다

아무에게도 기쁘게 일용할 양식이 되지 못하는,
볼로냐 숲에서
나무들은 늦은 시간의 젖을 빨고 있다
해의 젖을 빨고 서서
아득한 숲 속으로 사라지는
어머니를 생각한다

모두 저 숲으로 가서 죽거나

아침 해로 다시 태어나리라

그러나 저문 인생의 가게에서
떠나간, 먼저 떠나간 사람을 그리워하지 않으며,
다시 떠오를 해를 기뻐하지도 않으며,
나무들은 짙은 안개의 숲 속에서
무덤이 된 젖을 빨고 있다

시간의 의자에 앉아

도미니꼬 까페에서 도미니꼬 사원이 바라보이는
왼쪽 의자에 앉는다
밤 너머 밤의 시인 안또니오 꼴리나스가
시를 이야기했다던 그 깊은 시간의 의자에 앉는다
사원은 점점 붉게 물들어서
충만한 공중정원이 될 것이다
꽃이 피어나고,
새들이 집을 짓고,
더러는 접시들이 들어와 노래를 부를 것이다
밤고양이들이 배고픈 사람이 되어
잠을 청할 것이다
자게 놔두어라, 사원은
그렇게 말하며 곤궁한 몸 위에
하늘의 이불을 덮어주리라
용서를 구하러 사람들은 나귀가 되어
기도를 청하리라
종이 여기 있나이다, 자기도 모르게
소리칠 것이다

도미니꼬 수도원
시간의 정원은 서서히 불을 밝히고
모든 저녁과
일용할 침묵과
나귀가 된 접시와
종이 된 고양이와
늙어가는 나무들로
깊은 하늘에서
새벽종을 울리는
사람이 되어갈 것이다
도미니꼬 까페에 앉아
사람이 된 사원을 바라본다

폭풍의 언덕
쌀라망까에서

하늘에도 낮은 폭풍의 언덕이 있다
눈물이 날 때면 달려와 앉아 있는 곳,
여명이 돋는 남쪽을 끝없이 바라보는 곳,
사람들 몸속 숨겨왔던 일몰의
바람 부는 언덕이 있다

도시의 끝에서, 해는 떨어져 다시는 나오지 않을 것이다

바람이라 불리는
집시들의 언덕에 서서
저문 도시의 낡은
해가 지기를 기다리며
남쪽에서 보낸 일년의 이야기를 듣는다
집시들과 이웃이 되어,
하늘이 내려다보는 마음속,

도시의 불빛은
동굴 속에 갇힌 마녀가 되어

다시 저 골목을 빠져나오리라
끝없는 하늘의 길을
그 숲 속을 걸어나오는 나무들을 기다리며
바람이 몰아쳐 창을 뒤흔드는
절벽의 기억들을,
끝없이 흘러내리는 눈물의 계곡들을,
추억에 비껴서 있는 골목들을,
가슴에 떠오르는 낮은 별들의 눈빛을 기억하며
하늘에 앉아 있는
폭풍의 언덕
그 눈빛이 흔들린다

메아리
파트모스에서

마음속에 소나기 쏟아진다
달빛이 동굴 성당 계단을 타고 오르는
달의 등을 따라 올라간다 등 뒤에서
쿵쾅쿵쾅, 먼 하늘의 발소리도 들린다

옥수동 시절, 밤마다 몰려온 악마들이
양쪽 귀를 꿰뚫으며
바람의 소리를 들어보라고 했었다

그때 듣지 못했던 바람의 목소리,
바람의 벽에 십자가를 걸었던
펄럭이는 목소리를 듣는다

하늘의 미소가 들리는,
기름이 빠진 슬픔의 뼈 같은 계단을 올라가며
어머니의 가슴으로 사라지는 새들을 본다

먼바다의 아들도 이제 파고를 넘어 돌아오고

올리브나무 사이 새들도 별이 되어 다시 뜬다

죽은 숲들도 깨어나 저녁 식탁의 등불을 내건다
먼 데서 천둥소리가 다시 지나갔다

몸의 묵상

이렇게 마주 앉아서 먼 하늘을 바라보는 저녁은

모든 말들의 은총이었거나

지나간 영광이었거나

감미로운 숲의 시간입니다

여기 깨어 있습니다

바람이 숭숭 뚫린 몸으로

헐벗고 가난한 저녁으로

눈이 멀고

귀가 빠져 달아난

숲 속의

침묵으로

모든 말들이 죽어서도 살아 있습니다

무릎 꿇고 앉아 있습니다

현

석양이 밀려오면

황금빛으로 물들어갑니다

마법에 걸린 몸이 되어

하늘처럼 사랑했던 사람도

껴안고 돌 수 없습니다

소리의 무지개가 되어

현(弦)을 켜며

허공에 감겨 있습니다

수도원

새들이 떼 지어
침묵으로 몰려가서
죽습니다

무덤으로 가득 찬
멀고 먼
저녁 하늘

창밖
천둥소리 내리칩니다

주산지

빈 공중에 저리도 서러운 가슴을 풀어

하늘의 가슴과 맞대어

몸을 들어올리고

들어올려

한겨울을 보냈을 것이다

그렇게 하늘의 가슴 한복판에서

모든 침묵을 탄생시켰을 것이다

온 하늘을 들어올리고 올려 저 먼 옛날,

그 먼 옛날의 사랑의 뿌리를 심어놓았을 것이다

나귀

지는 해의 젖을 빨려고 하자

무릎을 꿇고 해가

몸을 낮추어준다

새벽부터

저녁까지

종일 나오지도 않는 젖을 물고 있다

달의 눈빛을 보았다

배가 배 위에 떠 있다 몸이
출렁일 때마다 가라앉았다가 떠오른다

허공이다!

다시 배가 배 위로 올라간다
해를 배 위로 올려놓는 바다,

죽음이 끓어넘치는 바다,
해가 죽어서 배 위에서 내려온다

기뻐서 죽겠다는 듯이 깊이 가라앉아
벌겋게 달아오른 달의 눈빛을 보았다

허락

성산일출봉에 해 떠오르자
온몸은 어두워지고
긴 침묵의 비단결에 감겨
나는 정전되었다
말의 감옥에 갇혔다

홰치는 초승달

돌 속으로 새가 날아갔다

노을을 건너서 줄지어 갔다

돌 속에는

하늘이 없다

돌 속의 허공을

훨훨 한바퀴 돌아 나와서

홰를 치는

초승달

제4부

눈나무가 되어

원통 월(月)마트에서
인제 막걸리 두 통을 샀다
아내는 서울로 돌아가고
군내버스를 타고 십이선녀탕에 내려
북천 언 강과
가슴속 지워지지 않는 슬픔의

계곡을 바라보다가
한참 동안

눈발이 점점 깊어졌다

만해마을로 걸어들어가면서
그래도 세상은 아름답다고
눈물겨웠다고

속죄하는 매운 눈바람 얼굴 맞으면서
눈나무가 되어 몰려서 있는

순교하듯 몰려서 있는 자작나무 숲
눈사람이 되어 걸어가는 나를 에워쌌다

한없이 맞고 서서 눈나무가 되었다
한없이
한없이

눈도,
코도,
가슴도 없는
항상 깨어 있으라는 눈나무가 되었다

겨울 메아리

죽고

다시 사는 일이란

아침에서 저녁으로 건너가는,

이 나무에게서 저 나무에게로 건너가는,

나의 슬픔에서 너의 슬픔으로 건너가는,

너에게서 나에게로

나에게서 너에게로

죽음에서 이승으로 건너오는 일인 걸

새벽 눈발을 맞으며

새벽 산허리에 감기는,

훨훨, 죽음을 넘나드는 눈발이 되어

한 며칠 눈사람이 되어 깊이 잠드는 일인 걸

미인석(美人石)

그녀가 따라왔다
산도 숨을 죽이는 저녁 눈발 속
발소리도 죽이고 따라왔다

그러나 돌아보면 없었다
겨울바람만 가슴을 쳤다

허공을 걸어가던
맨몸의 정신 속에 파문을 일으키는,

죽어버려라 죽어버려라, 밤마다
새벽 머리맡에 와 홰를 치는
백담 만해마을 북천 미리내 하늘에서 주워온
돌 곁에 잠들어 죽는다

나에게 더 큰 고통을 주고
더 깊은 자비를 주지 말라고
하나의 돌로 죽게 해달라고

검게 타들어가는 살아 있는
화석이 되어
저 깊고 두꺼운 겨울 눈발 속으로
몸을 던진다

새벽 산을 오르다가

산짐승이 밤새 먹다 버린 새벽달을 보았다
아직 식지 않은 눈빛을 보았다
선혈이 낭자한,
부릅뜬 눈을 뜨고 있는 눈동자를 보았다

모른 척하고 돌아섰다

저렇게, 저렇게, 백담 북천 갈대들이
개울가에 나와 앉아서 저희들끼리 낄낄거리면서

떼로 쓰러져서, 서로 몸을 기대면서,
툭툭 치면서, 비벼대면서
가을 햇볕 공양 받으며 드러누워서
흠뻑 젖어서 아무 일 없었다는 듯

쳐다보는 저 희디흰 얼굴들이
밉지는 않은데,

힘이 오른 북천 버드나무들이 바짝 거꾸로 서서
물웅덩이 속에 떠 있는 달에다 뿌리를 뻗치고 있는 것을
모른 척하고 돌아섰다

한낮의 먹구름

악견산을 넘어가다
유방산에 닿았네

슬슬 몸속 뼈가 스멀거리기 시작했네

피라미떼가 제 미색에 빠져
개울 물살을 즐기듯이

걱정도 뭉게구름이 되어 불어나는 한낮
섬섬옥수로 산정에서 스윽슥,

한평생 살다가

햇살 넘치는 계곡 사이로
소낙비 되어 쏟아졌네

마른 옥수숫대 서걱이는
비탈밭에 내리꽂혔네!

달이 두 엉덩이를 두드린다

천상의 악기를
두드리는 먼 시간의
자궁 안
격렬한 한낮의 소나기가
골목을 밟고 지나갔다

해협으로 배가 배를 밀고 들어간다
철교들이 몸을 들어올린 다리 사이로
달이 엉덩이를 두드리며 빠져나가는
구름 기둥을 바라본다

잠깐만요

강 건너가는 바람결이
북망(北邙) 넘어가는 제 옷자락을 부여잡고

잠깐만요

이제 막 지는 저 꽃잎
이제 막 넘어가는 저 저녁노을
이제 막 깨어나는 저 무덤

잠깐만요
잠깐만요

꽃잎은 꽃가지 위에서
노을은 저녁 하늘 위에서
무덤은 산허리 위에서

목을 내놓고,

잠깐만요
잠깐만요

애타게 부르는 저 손짓

긴장

나와
나 사이에서
꽃이 피고 지듯

나와
나 사이에서
바람이 머물다가 지나가듯

나와
나 사이에서
해가 뜨고
해가 지듯

파도가 밀려왔다가
빠져나가는
먼바다에서

다시 태어나는

섬과 섬 사이를

그 눈빛과
눈빛 사이에서

무지개가 뜨고
사라지듯

호명

무덤에게서
무덤을,
적막에게서
적막을 불러내어

먼 옛날의,
먼 옛날의 옛날에게서,
먼먼 옛날의 자궁 속으로 돌려보낸다

노을

왜 열일곱에 시집왔어요?
아부지가 소녀 공출 안 보낼라구 보내부렀어
함평 산암마을 할머니들
고생한 거 착으로 쓰먼 몇권으로도 모자러!

서귀포 앞바다

이제 남은 인생 저 노을처럼 살아가자 우리,
피난민 한금순이
육십년 만에 만난 두 동생을 안고
삼팔선 같은 수평선을 바라보고 있다

귤

애가 나올라고 해도 참고 귤을 땄어, 우리는
하루방 할망들이 앳된 애들 얼굴을 만지며 웃는다

가을 바다

구룡포 시외버스 터미널을 돌아 돌아 빠져나오자
맨 뒷자리에서,
원장님 좀 바꿔주이소

원장이가,
우리 신랑이 가을 타는지 힘이 없다

바다에 나가면
자꾸 힘이 빠진다 칸다 아이가

먼동

드디어 온 몸속이 검게 타올라
드디어 죄 없는 무기수들이
오래된 감옥에서 줄지어 나오기 시작한다
붉은머리학들도 해의 알을 품고 날아오른다

소멸의 운명, 부활의 형식

한원균

이 세상의 일들은 왜 그렇게 지나가고, 무엇이 삶을 이끌어가며, 인간은 왜 그 시간 앞에서 무력할 수밖에 없는가. 어려운 질문에 대한 답은 여러가지 방식으로 제출되어 있지만, 오로지 자신에게 주어진 삶의 의무를 이행하는 것으로 이 물음에 답할 수밖에 없으며, 그것은 죽음을 눈앞에 둔 사람의 마음 상태와 같다고 한 철학자는 말한 바 있다.(G. 루카치) 어떤 경우든 가장 강한 영혼의 힘과 가장 아름다운 풍요로움은 운명으로 인한 상처를 인식할 때 완성되는 것이며, 기다리면서 견디는 일이야말로 운명을 건 응시이며 조용한 힘의 분명한 모습이라는 것이다. 이때 운명은 물론, 이해할 수 없으며 신비롭고 주술적인 '선험적 힘'이 아니라, 생각과 편견, 만남과 이별, 관습과 도덕적 계율

등이 만들어내는 '신성한 일상'의 세계 그 자체를 의미한다. 일상은 우리 앞에 주어진 냉혹한 질문 형식이자 사유의 울타리이며, 벗어날 수 없음에 대한 자의식의 거울이기도 하다. 일상을 운명으로 이해하고 내면적 형식을 만들어가는 자가 시인이며, 시인은 그 형식을 통해 거꾸로 자신의 운명을 직조한다고 말할 수 있다.

누구에게나 일상이라는 이름으로 주어진 현실이 있고, 이를 어떻게 이해하고 수용하는지에 따라 삶의 방식은 달라지게 마련이지만, 시인에게 일상은 수동적인 태도만을 요구하는, 단순하며 계기적인 순간성이 아니라, 운명을 건 '내기'의 대상이며, 그 상호관계 과정이 곧 존재론의 일단을 보여주는 공간이 아닐 수 없다. 일상이란 시간의 다른 이름이고, 이 시간의 의미를 무수한 이미지들로 내면화함으로써 삶이 얼마나 처연한지, 그 처연함을 나는 왜 노래해야 하는지, 궁극적으로 그것이 어떻게 생명적 아름다움이나 삶의 심연을 발견하게 하는지를 시인이 일깨워야 하는 이유가 여기에 있다.

김수복의 시에는 운명 앞에 선 자의, 자신에게 주어진 삶의 의무에 대해 응답하려는 의지가 강하게 엿보인다. 역설적이게도 그 의지는 죽음을 이해하고 사라지는 것들을 노래하는, 소멸에 대한 인식으로부터 출발한다. 그러므로 김수복의 운명은 일상에 대한 시적 인식이라고 말할 수 있다.

시인으로서, 주어진 일상성을 시화(詩化)해야 한다는 평균율
적 의미가 아니라, '소멸의 아름다움'을 발견하는 일이 왜
삶의 생성적 의미를 견인하는지 보여주고 있기 때문이다.

　① 늙은 의자 하나 담벽에 기대어
　　새로 먼동 트듯 들리는
　　하늘의 목소리 듣고 있다

　　목련꽃 지는 골목 의자에
　　죽음이 앉았다 간다

　　몸에서 들려오는 먼 땅속의 태몽
　　갓 피어오르는 나무의 몸꽃으로

　　그 먼 사랑이
　　일출의 꽃으로 피어올랐던가

　　아, 죽어도 좋아 죽어도 좋아, 소리 지르며
　　새떼로 날아오른 적 있었던가

　② 노을 의자에 앉아
　　구름의 장례식을 바라보고 있다

허공에 몸을 던지는 새들이

상여가 되어 지나가는,

구름의 운구를 바라보고 있다

　　　　　　　—「늙은 의자 하나」 전문(번호는 인용자)

　골목 안 담벽 앞에 의자 하나가 앉아 있다. 누군가가 앉았던 의자는 텅 비어 있다. "하늘의 목소리"를 들으며 이제 생의 마지막을 기다리고 있는 의자는 "목련꽃 지"듯 죽음의 무게를 담고 있다. 한때 "일출의 꽃"처럼 피어올랐던 사랑의 기억도 있지만, "죽어도 좋아, 소리 지르며" 열망에 사로잡히지 못했음에 대한 회한을 깊이 새기고 있을 뿐이다. "몸에서 들려오는 먼 땅속의 태몽"이나 "갓 피어오르는 나무의 몸꽃" 같은 흔적조차 시간의 무게를 이겨낼 수는 없다.

　여기서 중요한 점은 작품을 두 부분으로 크게 나눌 때, ①번 부분(1~5연)의 행위주체가 "늙은 의자"였다면, ②번(6~8연)에서는 "노을 의자에 앉아" 있는 화자가 행위주체로 변화되고 있다는 것이다. 다시 말해 ①에서 화자가 늙은 의자와 자신을 동일시했다면, ②에서 화자는 스스로 노을 의자에 앉아 대상을 바라보고 있다. 이제 "늙은 의자"는 "노을 의자"로 바뀌고, 그 노을 의자에 앉은 사람은 다름 아닌 화자가 된 것이다. '소멸해간다는 것'의 시적 의미가 늙은 의

자라는 '공간화된 시간'으로 잘 표현되고 있다. 다시 루카
치에 의하면 '어떤 운명적 시간이 지니는 무한히 감각적인
힘을 통해 표현된 것'을 시의 본질이라고 할 때, 김수복에
게 그 시간은 "허공에 몸을 던지는 새"로 예각화된다. 이러
한 감각은 가령, "아이를 낳지 못하는 무덤"(「썰물이 지나가
는 진통」), "탯줄이 끊긴 지 오래인/개천가"(「청모시조개 피는
눈빛」), "종일 나오지도 않는 젖"(「나귀」) 등에서처럼 고갈되
고 메마른 이미지로 변화되기도 하지만, 소멸하는 운명을
견디는 힘은 형식의 발견으로부터 비롯된다는 점을 시인은
잘 인식하고 있다. 삶은 '길 가기'의 다른 이름이고, 길 가기
를 거부할 수 있는 운명은 존재하지 않으며, 그 길에서 마
주한 운명과 자신의 목숨을 건 투쟁을 해야 하는 것이 생이
기 때문이다. 그러므로 모든 길 가기는 운명의 형식을 만들
어가는 일이다. 김수복은 수많은 길 위에 있었거나, 여전히
길을 가고 있다. 집 주변의 산책로, 낯선 지방의 시외버스
정류장, 인제 내린천, 도미니꼬 사원이 바라다 보이는 까페,
폭풍이 몰아치는 쌀라망까의 언덕, 비 내리는 파트모스의
해변에 이르기까지 길 가기는 그의 시를 직조하는 매우 중
요한 원천이 된다. 길 가기가 시를 만들어내는 소재의 차원
에 멈추는 것이 아니라, 그 길에서 그는 운명의 형식을 발
견하고자 한다. 그것은 다름 아닌 모든 소멸하는 존재의 아
름다움 속에 깃든 처연한 삶의 욕망, 살아 있기 때문에 아

름다운 존재를 천착하는 일이며, 이를 적극적으로 언어화
하는 일이다.

좀더 쉬었다 갈게요, 하느님!

늦게 핀 들꽃도 꽃이잖아요

골목 안, 평생 사람과 사람 사이에 핀

이 개망초꽃 두고 갈까요?

저 분도 바르지 않은 눈물 보이지 않으세요?

전 이 골목 안, 저 오래된 국숫집 담 밑에 핀

어머니 살아 돌아오신 꽃

사람과 사람 사이에

하느님 좋아하시는 사람꽃도 피었네요

아직도 갈 곳 없어 다가오는 구름도,

아, 그 아득한 첫사랑 파도도 아직 피어 있잖아요

저 해가 바다 너머 고요히

잠들기 전엔 가지 않을래요

아무리 부르셔도 이 골목 안

저 사람꽃 질 때까지

복종하지 않을래요

하루만,

딱 하루만 더 사람꽃으로 피어 있을래요!

—「외박(外泊)」 전문

영혼의 명징함과 아름다움은 가장 단순하고 미시적인 사물들을 정면으로 마주할 때 드러난다. 시적인 울림은 거대한 담론 속에 가려진 미세한 파토스의 발견을 통해 확산된다. 삶에 대한 의지가 권력과 지배 욕망의 크기에 비례하지 않듯, 또한 "사람과 사람 사이에서 시가 태어나듯"(「동백꽃 지는 사이」), 존재와 그 생명성에 대한 옹호야말로 지상 위의 삶이라는 가장 거대한 명제를 실현하는 구체적 방법론이 되는 것이다. 지금, 여기의 삶이란 "하느님"의 세계에서 보면 '외박'인 것, 잠깐 나갔다가 돌아갈 곳은 이미 정해진 것, 다만 자신의 모든 것을 건 운명적인 시간 앞에 잠시 머물다가 돌아가는 것이 유일한 진실이라는 관점이 이 작품으로 잘 형상화되고 있다. 이것이야말로 '신성한 일상'에 대한 시적 육화이며, 소멸의 운명, 운명적 소멸에 대응하려는 시적 의지가 아닐 수 없다. 하지만 생은 그런 의지와 달리 짙은 체념과 모멸을 가져다준다. 가령.

> 모두 저 숲으로 가서 죽거나
> 아침 해로 다시 태어나리라
>
> 그러나 저문 인생의 가게에서
> 떠나간, 먼저 떠나간 사람을 그리워하지 않으며,
> 다시 떠오를 해를 기뻐하지도 않으며,
> 나무들은 짙은 안개의 숲 속에서
> 무덤이 된 젖을 빨고 있다
> ──「나무들은 구덤의 젖을 빨고 있다」 부분

는 진술 속에 담긴 시선에 주목할 경우, 시간 위에 존재하는 일은 죽음을 통해 자기를 인식하는 행위, 곧 죽음의 타자화를 경험하는 것임을 수용하지 않을 수 없다. 그러나 운명을 건 형식의 발견이란 그것을 어떻게 내면화하는가, 나아가서는 어떻게 생성의 언어로 치환할 수 있는가를 묻는 행위와 같다. 모든 길은 지나온 길이며, 관계의 다양성이 육화된 기억으로 각인된 공간이다. 소멸에 대한 의식은 그 길의 끝을, 여행의 마감을 바라보는 자의 내면적 풍경이다. 관계의 의미를 되묻기도 하고 시간에 대한 두려움을 갖기도 하지만, 시인은 그 풍경 속에 자신의 실존적 좌표를 덧붙이는 자이며, 그러한 책무를 지닌 사람이다. 그래서 시인은 자기 영혼을 증명하고자 한다. 이 세계의 덧없음에 대해 노래한다는 것은 곧 생의 처연함이 이해되는 순간, 바로 그 좌절의 징후 속에서 생성하는 것들을 찾아야 한다는 점이다. "가장 잘 자란 나무 밑에는/가장 잘 썩은 시체가 누워 있다"(「꽃이 피는 너에게」)는 역설은, 영혼의 투명성이 자신을 증명하는 '가능의식의 최대치'에 해당된다.

저렇게 핏줄은 말라갔을 것이다
흘릴 눈물도 없는 눈물을
만리 밖 바람의 간절한 소리를
제 귀에도 들리지 않는 목소리로

그 긴 강물의 탯줄을
속에서 밀어올렸을 것이다

툭툭, 땅속 폐경이 된 자궁을 들어올려
아득히 능선 위로 자지러지는
태양을 몸 안으로 조이고 조여서
씨를 받아내었을 것이다

노을에 퍼져
재가 될지라도
천년 광원(光源)을
지는 태양 속으로 고이 간직해 내보이면서
한 잎 두 잎, 입을 벌리며 태어나듯이
죽은 몸으로 다시 살아날 것이다

—「노을이 물드는 화석」 전문

이제 시인은 생성을 노래한다. "강물의 탯줄"은 고갈된 "핏줄"과 메마른 "눈물"이 "만리 밖 바람의 간절한 소리를" 만나 이어진 결과이며, "폐경이 된 자궁"은 "태양을 몸 안으로 조이고 조여서/씨를 받아"낸다. 시간은 "불꽃을 피워 재가 되는/눈물"(「숲」)이 아니라, "노을에 퍼져/재가 될지라도" "죽은 몸으로 다시 살아"나는 빛으로 전환된다. 이와 같은 변화가 가능한 이유는 어디에 잠재되어 있을까. 그것은 최근 김수복 시에서 자주 목격되는 비판적 현실이해의 힘이라고 판단된다. 하지만 그 비판 행위가 시인의 세계관을 설명하는 근본적인 방법으로 보기 어려운 이유는, 모든 권력관계와 자본의 움직임조차 소멸의 한가운데를 지나지 않을 수 없다는 생각에 그의 시가 근거하고 있기 때문이다. 본질적인 것은, 존재하는 일은 소멸한다는 것이며, 운명적인 일은 그 소멸을 견디는 형식을 만들어가야 한다는 준엄한 시적 현실이다.

죽고

다시 사는 일이란

아침에서 저녁으로 건너가는,

이 나무에게서 저 나무에게로 건너가는,

나의 슬픔에서 너의 슬픔으로 건너가는,

너에게서 나에게로

나에게서 너에게로

죽음에서 이승으로 건너오는 일인 걸

새벽 눈발을 맞으며

새벽 산허리에 감기는,

훨훨, 죽음을 넘나드는 눈발이 되어

한 며칠 눈사람이 되어 깊이 잠드는 일인 걸
—「겨울 메아리」 전문

모든 삶에 대한 사유는 죽음에 대한 사유이지만, 생의 의미를 깊이 이해하지 않고서는 죽음으로부터 가벼워질 수 없다. 주어진 시간을 정직하게 바라볼 수 있는 자만이 자신의 영혼을 증명하는 형식을 만들어낸다. 시인에게 그것은 소멸의 운명을 생성의 힘으로 치환하는 일이다. 그리하여 죽음을 생의 의지로 우화(羽化)하려는 고투 속에서 그의 시는 빛날 것이다. 그는 이제 "말이 꽃이 되어 다시 피어"(「부활」)나는 모습을 바라본다. 그리하여,

나비가 날아올라 황금빛 죽음을 펼쳐 보이는

무덤 앞에서 절규하던 침묵의,

무덤 앞에서 무덤이 되었던

저 꽃봉오리들

저 함성들

저 봄나무들

저 죽음의 혁명들

―「부활」부분

처럼, 다시 새로운 시간 앞에 설 것이다. 그것은 무덤과 침묵, 죽음으로부터 이어지는 노래이자, "활활 타올라/하늘까지 타올라/지상의 불씨가 되"(「저녁의 나무」)기를 염원하는 지상의 울림이다. 이것이 소멸하는 삶을 응시하는 부활의 노래이자, 김수복 시의 운명이 아닐 수 없다.

韓元均 | 문학평론가

해 질 무렵 뒷산 우면산에 올라 산그늘 의자에 걸터앉아 있다. 이제 곧 해가 숨을 넘길 것이다. 저만치 단풍이 진다. 저만치, 저만치, 저만치서 모든 경계의 안과 밖, 저만치서 단풍잎이 땅으로 고요히 내려앉는다.

미명에 젖은 잔잔한 숲의 정령들의 목소리가 들리는 듯하다. 나는 이 미명 속 고백의 목소리들에 귀를 기울여왔다. 내 시들에도 이 고백의 심장이 뛰고 살아 있기를!

지는 달의 눈빛이 더 오래 남아 있다. 그 눈빛으로 기억된 지나온 풍경들의, 내 삶의 흑백필름을 보는 듯하다.

온갖 새들과 벌레들의 울음방에서 하룻밤을 보낸 달의 외박처럼, 이 시들도 새벽을 끌고 어디론가 가리라 믿는다.

느낌표들이 더욱 많아졌다. 고백의 배경을 빠져나오기 위한 새벽 길목 때문인지!

2012년 12월

김수복

창비시선 355

외박

초판 1쇄 발행 / 2012년 12월 20일

지은이 / 김수복
펴낸이 / 강일우
책임편집 / 전성이
펴낸곳 / (주)창비
등록 / 1986년 8월 5일 제85호
주소 / 413-120 경기도 파주시 회동길 184
전화 / 031-955-3333
팩시밀리 / 영업 031-955-3399 편집 031-955-3400
홈페이지 / www.changbi.com
전자우편 / lit@changbi.com

ⓒ 김수복 2012
ISBN 978-89-364-2355-1 03810

* 이 책은 한국문화예술위원회의 2012년 아르코문학창작기금을 받았습니다.
* 이 책 내용의 전부 또는 일부를 재사용하려면
  반드시 저작권자와 창비 양측의 동의를 받아야 합니다.
* 책값은 뒤표지에 표시되어 있습니다.